ড: বর্ণনা ভট্টাচার্য নন্দী

# তোমায় নতুন করে পাবো বলে

BlueRose ONE.com
Stories Matter
NewDelhi • London

**BLUEROSE PUBLISHERS**
India | U.K.

Copyright © Dr. Barnana Bhattacharya Nandy (Nirjharini) 2024

All rights reserved by author. No part of this publication may be reproduced, stored in a retrieval system or transmitted in any form or by any means, electronic, mechanical, photocopying, recording or otherwise, without the prior permission of the author. Although every precaution has been taken to verify the accuracy of the information contained herein, the publisher assumes no responsibility for any errors or omissions. No liability is assumed for damages that may result from the use of information contained within.

BlueRose Publishers takes no responsibility for any damages, losses, or liabilities that may arise from the use or misuse of the information, products, or services provided in this publication.

BlueRose ONE.com
Stories Matter
NewDelhi • London

For permissions requests or inquiries regarding this publication, please contact:

BLUEROSE PUBLISHERS
www.BlueRoseONE.com
info@bluerosepublishers.com
+91 8882 898 898
+4407342408967

ISBN: 978-93-6261-852-8

Cover Design: Sadhna Kumari
Typesetting: Pooja Sharma

First Edition: June 2024

অর্থনীতির অধ্যাপিকা বিভাবরী বন্দ্যোপাধ্যায় ওরফে বিভা নিজের একমাত্র ছেলে বিহানকে নিয়ে বেশ ভালোই ছিলো, কিন্তু হটাৎ একদিন সব ওলোটপালোট করে অতীত ফিরে এলো বিভার সামনে, ফিরে এলো কোলাজ বাগচী।

# স্বীকৃতি

এই গল্প টি সৃজন করার প্রক্রিয়ায় সহযোগিতা করার জন্য আমি আমার প্রিয় মা, বাবা, স্বামী ও পরিবারের সকল সদস্যকে ধন্যবাদ জানাই, তাদের অবিচল সমর্থন, অনুপ্রেরণা আমার উৎসাহের একমাত্র উৎস্য।

অনেকটা ভালবাসা আমার প্রিয় বন্ধুবান্ধবের জন্য, যারা লেখার প্রক্রিয়ায় অমূল্য মতবাদ এবং অতীতে প্রেরণা দিয়েছেন। আপনাদের উৎসাহ আমাকে উৎসাহিত রাখতে সাহায্য করেছিল।

ধন্যবাদ ব্লুরোজ পাবলিকেশন কে আমার ছোট উপন্যাস টিকে নিজের করে নেওয়ার জন্য।

সবশেষে, এই গল্পের সমস্ত পাঠকদের অসংখ্য ধন্যবাদ জানাই।

## *পর্ব ১*

ইউনিভার্সিটি থেকে বেরিয়ে তাড়াতাড়ি uber টা নিলো 'বিভা'..পরিচয়টা দিয়ে রাখি 'বিভাবরী বন্দোপাধ্যায়', বিগত সতেরো বছর অর্থনীতিতে অধ্যাপনা করে এখন কলকাতার এক নামী সরকারি কলেজের বিভাগীয় প্রধান..এক এবং একমাত্র আশা ভরসা সবই তার ছেলে 'ঐতিহ্য বন্দোপাধ্যায়' ওরফে 'বিহাণ'..পেশায় উঠতি painter...বেশ কতগুলো exhibition-এর পর বেশ নামডাক হয়েছে..বড়ো বড়ো জায়গা থেকে ডাক আসছে..তাহ যাইহোক এবার গল্পে ফেরা যাক...আজ একটা meeting এ Calcutta University এসেছিলো বিভা..হটাৎই police station থেকে ফোনটা আসে..."হ্যালো ! ঐতিহ্য বন্দোপাধ্যায়ের মা বলছেন ? উনি আমাদের হেফাজতে আছেন আপনাকে একবার এখুনি বনহুগলী থানায় আসতে হবে.." বিভার বুকটা কেমন করে উঠলো কিছু প্রশ্ন করতে যাওয়ার আগেই ওপাশ থেকে ফোনটা কেটে দিলো..একটুও সময় নষ্ট না করে তড়িঘড়ি বেরিয়ে রওনা দিলো ও..একবার ভাবলো বাবাকে জানাবে কীনা..তারপর ভাবলো না থাক এই বয়েসে আর থানায় টেনে নিয়ে যাওয়াটা ঠিক হবেনা...এমনিতেও বাবার এইসব থানা-পুলিশে খুব ভয়..এসব হাবিজাবি ভাবতে ভাবতে টনক নড়লো যে সবে বিবেকানন্দ রোড crossing পেরিয়েছে..ড্রাইভার কে তাড়া দিলো " ভাই একটু তাড়াতাড়ি চালাও না..."

এমন সময় ঝমঝমিয়ে বৃষ্টি নামলো সকাল থেকে বোঝাই যায়নি...বৃষ্টির সাথে একটা অদ্ভুত সম্পর্ক আছে বিভার সেই ছোটো থেকেই.

মনে পড়ে গেলো সেই দিনটা যেদিন 'ঐতিহ্য' এসেছিলো ওর জীবনে খুব বৃষ্টি হয়েছিলো সেইদিনও......

# *পর্ব ২*

সুখ-দুঃখ-আনন্দ-বিরহ যা কিছু হোকনা কেন একমাত্র এই বৃষ্টি কখনো ওকে একা ছাড়েনি...নিয়ম করে ঝরেছে..ফাঁকি দেয়নি একবারও... সেই যেদিন কোলাজ এর সাথে প্রথম আলাপ...রবীন্দ্রভারতী বিশ্ববিদ্যালয় থেকে মাস্টার ডিগ্রি করছে তখন বিভা..ইউনিভার্সিটিরই বসন্ত উৎসবে একটা exhibition এ কোলাজ এর painting ও ছিলো...সবকটা ছবির মধ্যে ওর আঁকাটা ভীষনভাবে মন কেড়েছিল বিভার সাতদিন ধরে চলেছিল exhibition..রোজ গিয়ে ও ওই ছবিটার দিকে অপলক দৃষ্টিতে তাকিয়ে থাকতো...এমনই ডুবে গিয়েছিলো যে অর্থনীতির phillips curve, engel curve সবই ঘেঁটে ঘ করছিলো...বন্ধুরা বললো লোকে প্রেমে পড়লে এমনটা হয় কিন্তু একটা painting এর প্রেমে এত্ত বাড়াবাড়ি করতে কাউকে নাকি ওরা দেখেনি...

তারপর এলো সেই ঐতিহাসিক দিনটা...সমস্ত painterরা সেদিন উপস্থিত হলেন একে একে নিজেদের ছবির বিষয়বস্তু নিয়ে আলোচনার জন্য...নামীদামী অনেক বিচারকরা এলেন সবচেয়ে ভালো ছবিটা বাছাই করে নিতে...শুরু হলো আলোচনা...বিভা অপেক্ষা করতে লাগলো কখন ওই ছবির জন্মদাতা ছবিটার তাৎপর্য বুঝিয়ে বলবে...আসলে ছবিটা দেখে ওর ধারণা হয়েছিলো নিশ্চই এটা কোনো বয়োজ্যেষ্ঠ ব্যক্তির আঁকা...কিন্তু যখন কোলাজ মাইকটা হাতে নিলো ও তো থ বনে গেলো....একি এ তো একদম অল্প বয়েসের ছেলে hardly ওর চেয়ে বছর তিনেক বড় হবে..যাইহোক কোলাজকে প্রশ্ন করা হলো যে তার ছবিতে সে কি বোঝাতে চেয়েছে ?

প্রসঙ্গত বলে রাখি ছবিতে দেখা যাচ্ছিলো 'একটা কফিনের চারপাশে একটা মেয়ে বিভিন্ন আবির দিয়ে আলপনা আঁকছে...'

কোলাজ বললো "আসলে আমি আমার painting এ বোঝাতে চেয়েছি মানুষের জীবন থেকে সব রঙ চলে গেলেও ভালোবাসার রঙ থেকেই যায়...ওই মেয়েটি তাই দোলের দিনে ওর মৃত প্রেমিককে রাঙিয়ে দিচ্ছে..."

চারিদিকে হাততালিতে ফেটে পড়লো এবং সাথে সাথে বিজয়ীর নামও ঘোষনা করা হলো 'কোলাজ বাগচী'....

সবাই ঘিরে ধরেছে ওকে...বিভা ধীরগতিতে এগিয়ে গেলো গিয়ে করমর্দন করে প্রথমে শুভেচ্ছা জানিয়ে বললো "আপনার আঁকাটা দেখে প্রথম দিনই আমি মুগ্ধ হয়েছিলাম তবে আজ ব্যাখাটা আরো মন ছুঁয়ে গেলো..আবুল হাসানের কয়েকটা কবিতার লাইন মনে পড়ে গেলো...."

কোলাজ হেসে বললো "ধন্যবাদ" তারপরেই একটু থেমে আবৃত্তির ভঙ্গিমায় আওরালো কয়েকটা খুব চেনা লাইন...

"তুমি কি আমার কবর হবে?

যেখানে শান্তির শীতল বাতাসে

বয়ে যাবে আমার চিরনিদ্রার অফুরন্ত প্রহর......"

বিভা উচ্ছসিত হয়ে বলে উঠলো "আরে হ্যাঁ একদম ঠিক ধরেছেন মশাই এই কটা লাইনই মাথায় ঘুরছিলো..." এবার কোলাজ একটা সবজান্তা গোছের হাসি হেসে একটা visiting card এগিয়ে দিয়ে বললো কাছেই ওর একটা ছোট্টো স্টুডিও আছে সময় করে ওর আরো আঁকা দেখতে আসতে...বিভা তো এমনিই তখন শিল্প এবং শিল্পী দুইয়ের প্রতিই বিভোর হয়ে

রয়েছে তাই বেশি কিছু না বলে card টা হাতে নিয়ে চুপচাপ ঘাড় নাড়লো...

Uber টা জোরে break কষা তে স্মৃতিচারণে ব্যাঘাত ঘটলো বিভার..ব্যাস শ্যামবাজারে signal টা খেলো..দশ মিনিটের আগে রেহাই নেই...অগত্যা আবার বিভা ফিরে গেলো অতীতে...যখনই বিভা ঐতিহ্যর কথা ভাবতে যায় আজও এতদিন পরেও কোনো না কোনো ভাবে কোলাজ হানা দেয় ওর ভাবনায়...এই আজ যেমন ভাবছিলো ঐতিহ্যকে পাওয়ার দিনটির কথা কিন্তু চিন্তা-ভাবনা গুলো ঠিক bypass হয়ে কোলাজে গিয়ে পৌছেছিল..যাকগে আর confuse করবো না...গল্পে ফেরা যাক থুড়ি বিভার স্মৃতিসায়রে ডুব দেওয়া যাক...

কোলাজের visiting card টা সযত্নে রেখেছিলো বিভা..কিন্ত দেখা বা ফোন করার সাহস হয়নি...কিন্ত ভাগ্যে ওদের দেখা হওয়া ছিলই...হটাৎই একদিন রবীন্দ্রভারতী থেকে ফেরার পথে তুমুল বৃষ্টিতে আটকে পড়েছিলো বিভা অনেকক্ষণ অপেক্ষা করে কোনরকমে একটা taxi ডাকলো..ওমা taxi টা এগিয়ে আসতে দেখলো already passenger আছে.. বিরক্ত হয়ে পেছনে আর taxi আছে কিনা দেখতে যাবে..এমনসময় taxiর দরজাটা খুলে গেলো "আরে উঠে আসুন এই বৃষ্টিতে taxi পাওয়া খুব মুশকিল share এ চলে যাবো..."

বিভা দেখলো কোলাজ...ও বললো "না না থাক আমি manage করে নেবো আপনার অসুবিধা হবে.."

"আরে ম্যাডাম কিচ্ছু অসুবিধা হবেনা আপনি শোভাবাজারে থাকেন তো ? আমি আপনাকে drop করে বেরিয়ে যাবো আমি একটু জোড়াসাঁকো যাচ্ছি একটা exhibition এর ব্যাপারে..তো ওই রাস্তা ধরেই যেতে হবে.."

এবার বিভা আর না করলো না উঠে গেলো taxi তে.. এরপর শুরু হলো ওদের আলাপচারিতা...ক্রমশঃ ওরা বন্ধু হয়ে উঠলো...তারপর বন্ধু থেকে খুব ভালো বন্ধু এবং তারপরে আর নাই বা বললাম...এরপর দু বছর কেটে গেলো ওইভাবেই...

# *পর্ব ৩*

দুবছর পরে মাস্টার্স শেষ করে বিভা তখন নেট পরীক্ষার জন্য প্রস্তুতি নিচ্ছে.আর কোলাজ চেষ্টা করছে কিকরে নিজের studioটা আরো বড়ো করা যায়...ঠিক সেইসময়ই এলো সেই দিনটা...সেবার কোলাজের জন্মদিনের দিন বিভা দেখা করতে যাবে বলে বেরিয়েছিলো...প্রসঙ্গত বলে রাখি কোলাজের তখন একাডেমিতে একটা exhibition চলছিলো..বিভা মেট্রো স্টেশনএ গিয়ে টিকিট টা কেটে মেট্রোর জন্য অপেক্ষা করছে এমন সময় হটাৎ দেখলো একপাল লোক একদিকে ভিড় করেছে আর প্রচুর চেঁচামেচি হচ্ছে...কাছে গিয়ে জানতে চাওয়ায় একটা লোক বললো একটি মেয়ে নাকি আত্মহত্যা করেছে....বিভা এবার ঘটনাস্থলের দিকে এগোলো....নাহ্ তাকানো যাচ্ছে না...দেখেই বোঝা যাচ্ছে তেমন বয়েস নয়...হাতে শাঁখা পলা দেখে বুঝলো মেয়েটি বিবাহিত....একি হাতে একটা চিরকুট মনে হচ্ছে....বিভা এগিয়ে গিয়ে একবার এদিক ওদিক দেখে...সকলের অলক্ষ্যে চিরকুটটা তুলে নিলো...ততক্ষনে সবাই মেয়েটিকে নিয়ে নানান মন্তব্য শুরু করে দিয়েছে...ভীড় ঠেলে বেরিয়ে আস্তে আস্তে চিরকুটের লেখাটা পড়লো "দেখুন যখন আপনি এই লেখাটা পাবেন আমি হয়তো বেঁচে থাকবোনা জানি সবাই আমার ভীরুতা দেখে এতক্ষণে তিরষ্কার করতে শুরু করে দিয়েছেন..কিন্তু বিশ্বাস করুন আমার আর কোনো রাস্তা ছিলোনা...আপনি নিশ্চই পুলিশের লোক হবেন আমার দেড় বছরের ছেলেকে এই মেট্রো station এর বাইরে আমার বহুদিনের পরিচিত চায়ের দোকানে বসিয়ে এসছি এক্ষুনি চলে আসবো বলে..দয়া করে ওকে কোনো ভালো অনাথ আশ্রমে দিয়ে দেবেন...ওর পরিবারের খোঁজ

করতে যাবেন না....তাহলে আর আমার ফুলের মতো ছেলেটাকে বাঁচানো যাবেনা..."

এইটুকু পড়বার পর প্রায় একছুটে বিভা station এর বাইরে বেরোলো...হ্যাঁ ওইতো চায়ের দোকানটা এটা ওরও চেনা...গিয়ে দেখলো একটা ফুটফুটে বাচ্ছা বসে প্রৌঢ় চা বিক্রেতার সাথে খেলছে..বিভা গিয়ে সটান কোলে তুলে নিলো ওকে...চা এর দোকানের লোকটা অনেকদিনের তাই বিভাকে চিনতে পেরেই বললো এই দেখো কি মিষ্টি না দাদুভাইটা..ওর মা বসিয়ে রেখে গেছে সেই কখন অথচ একটুও কান্নাকাটি নেই..."

বিভা প্রশ্ন করলো

"তুমি চেনো ওর মাকে ? "

"হ্যাঁ চিনি তো এই রাস্তায় যাতায়াত...প্রায়ই চা খায় আমার দোকানে ...ওই তোমাদের মতোই মুখ চেনা"

এবার বিভা দেরী করলো না বললো "আমার বান্ধবী...একটা কাজে আটকে পড়েছে আমায় বললো ওর ছেলেকে একটু বাড়ি পৌঁছে দিতে...নিয়ে গেলাম...."

তারপর প্রায় একছুটে বাড়ি...

দরজা খুলেই মাতো অবাক

"একিরে কে এটা ? কি মিষ্টি..."

"এবার থেকে ও আমাদের সাথেই থাকবে মা"

এবার মায়ের গলার স্বর ভারী হলো "মানে ? কে এটা ? আর আমাদের সাথেই থাকবে মানে ?"

সমস্ত ঘটনা খুলে বললো বিভা মা বাবা কে...ওনারা বললেন "চিঠিটা পুলিশকে উদ্দেশ্য করে লেখা বিভা এটা কি ধরনের ছেলেমানুষী ? চল থানায় দিয়ে আসি ওরা ব্যবস্থা নেবে"

বিভার মন কিছুতেই মানছিলো না এই কয়েক মুহুর্তে ভীষণ ভীষণ একাত্ম হয়ে গেছিলো বাচ্ছাটার সাথে..অনাথ আশ্রমে কিকরে পাঠিয়ে দেবে নিষ্ঠুরের মতো ? আর তাছাড়া পুলিশ যদি ওসব চিরকুটের কথা না মেনে ওর পরিবারের খোঁজ করে তাহলে তো ক্ষতিই হবে...কেন জানিনা ওই মৃত মেয়েটিকে বিশ্বাস করতে ইচ্ছে হচ্ছিলো বিভার তাই ও জেদ ধরে রইলো কিছুতেই বাচ্ছাটাকে পুলিশের হাতে তুলে দেবেনা...এদিকে বাবা নারাজ...এই চক্করে বেমালুম ভুলে গেছিলো যে কোলাজ অপেক্ষা করছে..ফোনটা হাতে নিয়ে দেখলো সতেরোটা মিসডকল..ও ভাবলো কোলাজকে সবটা বলবে...ওর দৃঢ় বিশ্বাস আর কেউ না বুঝুক কোলাজ ওকে বুঝবে আর ওর এই সিদ্ধান্তে সাথ দেবে..ওই বুঝিয়ে বলবে মা বাবাকেও...

# *পর্ব ৪*

uber টা ISI অবধি পৌঁছেছে বিভা tension এ ছটপট করছে...বিহাণ (ঐতিহ্য) আর থানা পুলিশ ? একদম মেলানো যায়না..সেই ছোট্টো থেকে শান্ত-সৌম্য স্বভাবের ছেলেটার জন্য আজ অবধি কখনো school এর guardian call এও যেতে হয়নি বিভাকে...এমনকি ছেলে ওকে যতটা বোঝে তেমনটা আর কেউ বোঝেনা..বিভার সেই প্রথম লড়াই থেকে মা-বাবা ছাড়া ওই তো ছিল ওর সাথে...যতই আমরা modern minded হইনা কেন আমাদের সমাজ এখনও 'single mother' বিষয়টার দিকে ভুরু কুঁচকেই তাকায়...এমনকি বিভার চরিত্র নিয়েও কম research হয়নি তখন...যে যার মতো মনগড়া theory তৈরী করেছে এবং রটিয়ে বেড়িয়েছে...

সেই সময় ওই ছোট্টো হাতজোড়াই তো চোখের জল মুছিয়ে দিয়েছিল..আশ্বস্ত করেছিল...একটা অদ্ভুত আত্মবিশ্বাস ছিল ওর চোখে মুখে..যেন বলতো

"মা তুমি সব পারবে..চিন্তা কোরোনা আমিতো আছি তোমার সঙ্গে.."

আসলে কোলাজকে অনেক বোঝানোর পরেও ও মেনে নেয়নি এই সিদ্ধান্তটা...ওর মনে হয়েছিলো এভাবে যাকে তাকে নিজের ছেলে ভাবলেই সে নিজের হয়ে যায়না আর তাছাড়া ওরা যে স্বপ্নগুলো দেখেছে সেগুলোর কি হবে ? সেইসব ভুলে বিভা এখন অন্যের সন্তান মানুষ করবে ? কোলাজ পরিস্কার জানিয়ে দিয়েছিল এসব সে কখনোই মেনে নেবেনা বিভাকে যেকোনো একজনকে বেছে নিতে হবে হয় ' সে ' নয়তো ওই ' বাচ্ছাটা '... আসলে কোলাজের ধারণা ছিল এভাবে জোর করলে বিভা বাচ্ছাটাকে পুলিশের হাতেই তুলে দেবে..কারণ সে জানতো

বিভা তাকে কতটা ভালোবাসে..ওদিকে বিভার একমাত্র ভরসা কোলাজ যখন তাকে এরকম একটা চুক্তি দিলো...তখন প্রচন্ড অভিমান হলো বিভার..যে কোলাজ এত বোঝে ওকে...সে এরকম একটা সময় এতটা অবুঝ হয়ে পড়লো ? আসলে জীবন যে কার জন্য কোন উপন্যাসের কোন পাতা খুলে রেখেছে বোধহয় কেউ বলতে পারেনা..তারপর বুকে পাথর চেপে decision টা নিয়েছিল বিভা...যদি accept করতেই হয় তাহলে ওই বাচ্ছাকে সমেতই accept করতে হবে কোলাজ কে...কিন্তু বোধয় ব্যাপারটা এতটা সহজ ছিলোনা..তাই তারপর আর যোগাযোগ করেনি কোলাজ...কিছুদিন পর বিভা খবর পেয়েছিলো কোলাজ নাকি অন্যত্র বাড়ির লোকের দেখা পাত্রীকে বিয়ে করছে...নাহ্ আর বিভাও একবারও ফিরে তাকায়নি...কেটে গেছে কুড়িটা বসন্ত...বিহাণই আজ ওর গর্ব..প্রত্যেকটা বাবা-মা চায় ওর মতো ছেলে পেতে...এর মাঝে অনেক ঝড় যেমন এসছে তেমন কিছু ভালো মানুষের সাথেও আলাপ হয়েছে বিভার যাদের মধ্যে অনেকেই বিভাকে বিয়ের প্রস্তাব দিয়েছেন এমনকি বিহাণকে স্বীকার করেই...কিন্তু পারেনি বিভা...আসলে ঠিক যেমন জেদ করে ছোটো বিহাণকে একা হাতে আজকের ঐতিহ্য হিসেবে বড়ো করে তুলেছে ঠিক তেমন জেদ নিয়েই যে ভালোও বেসেছিলো একজনকেই...শুধুমাত্র একজনকেই...

# *পর্ব ৫*

থানার সামনে uber টা দাঁড়াতেই বিভা কোনরকমে ভাড়া মিটিয়ে দ্রুতপায় এগোলো....ঢুকেই সামনের chair এ বিহাণ কে দেখলো...ইস মুখটা একদম শুকিয়ে গেছে...উল্টোদিকে যে officer টি বসে তার উদ্দ্যেশ্যে বিভা বললো "আমিই ঐতিহ্যের মা...এবার দয়া করে বলবেন কেন আমার ছেলেকে এখানে বসিয়ে সকাল থেকে harras করছেন ?"

ঐতিহ্য এবার বলে উঠলো "উফ্ মা calm down...তুমি তো জানোই আমি কিচ্ছু করিনি তাহলে উত্তেজিত হচ্ছো কেন ? সকালে pressure এর ওষুধটা খেতে আজও ভুলেছো নিশ্চই ?"

"থাম তুই সবসময় জ্ঞান দিবিনা...আমি তোর মা না তুই আমার বাবা ?" ছেলেকে ধমকেই আবার officer এর উদ্দ্যেশ্যে বিভার প্রশ্ন "কি হলো বলুন ?"

এবার officer মিটমিট করে হেসে বললো "আপনার ছেলে ছবি চুরি করেছে.."

বিভা অবাক হয়ে তাকিয়ে বললো "ছবি চুরি ? মানে ? মশাই clearly একটু বলবেন দয়া করে?"

officer একটা গ্লাস এগিয়ে দিয়ে বললো "বলছি বলছি নিন তার আগে জলটা খেয়ে নিন আর এত্ত উত্তেজিত হবেননা..."

বিভা ছেলের দিকে একবার তাকিয়ে জলের গ্লাসটা হাতে নিলো...officer টি বলতে শুরু করলো "ওইযে ওদিকে দেখছেন ওই মেয়েটি বসে...ওর নাম ' তোড়া ' তোড়া চৌধুরী...ওর বাবা IPS officer...তাই ওর নানানরকম বায়না আমাদের সহ্য করতেই হয় এমনকি প্রমাণ না থাকলেও যার উপর অভিযোগ

অন্তত জেরা টুকু তো করতেই হয় তাকে থানায় ডেকে ওকে শান্ত রাখার জন্য...আমরা চট করে এটা না করতে পারিনা..."

বিভা ভীষণ রেগে বললো "বেশ তারমানে ওর বাবা আপনাদের উপর মহলের লোক বলে আপনারা আমার নির্দোষ ছেলেকে থানায় ডেকে harras করবেন...বাহ্..! তাহ অভিযোগটা কি শুনি ? ছবি চুরির ব্যাপারটাই বা কি ?"

"আহা madam শুনুন না আগে...আপনার ছেলে যেমন ছবি টবি আঁকে ওই মেয়েটিও ছবি আঁকে...এবার একটা প্রদর্শনীতে আপনার ছেলে নাকি এমন আঁকা দিয়েছে সেটা হুবহু তোড়ার আঁকার sir এর আঁকা একটা ছবির সাথে মিলে যাচ্ছে...শুধু ছবি দুটোর নাম আলাদা...এবার আপনার ছেলের আঁকা ছবিটা আমরা আপাতত বাজেয়াপ্ত করেছি...যতক্ষণ না তোড়ার sir তাঁর আঁকা ছবিটা নিয়ে এসে পৌঁছচ্ছেন আপনাদের একটু ধৈর্য্য ধরে বসতে হবে..."

"ডাকুন দেখি আপনাদের IPS officer এর মেয়েকে...ভেতরে আড়ালে বসে হাওয়া খাচ্ছে আর আমার ছেলেটা এখানে গরমে বসে আছে ?"

officer এবার আবার হেসে তোড়াকে ডেকে দিলেন..বিভা দেখলো মেয়েটিকে দেখতে কত মিষ্টি..বোঝার উপায়ই নেই যে এত একগুঁয়ে জেদী..ঐতিহ্য মাকে warn করলো "মা এতক্ষণ কিচ্ছু বলিনি কিন্তু please এর মুখ লাগতে যেও না ভীষণ ঝগড়ুটে মেয়ে.."

এবার মেয়েটির গলা পাওয়া গেলো "এইযে দু-নম্বরি চিত্রশিল্পী মাকে দেখে ফিসফিস করে কি বলছো ? যা বলার জোরে বলো infront of everyone..." এবার বাক্যবানটা এলো বিভার দিকে "hello aunty ! this is তোড়া..আপনার ছেলে কি করেছে শুনেছেন তো ? আমার sir এর আঁকা চুরি করেছে.." এবার

কেমন যেন থতমত খেয়ে বিভার দিকে তাকিয়ে রইলো খানিক্ষণ মেয়েটা তারপর বললো "one second দেখি aunty একবার এদিকটা ঘুরুন হ্যাঁ হ্যাঁ এবার মুখটা ওদিকে ঘোরান...ওমা unbelievable !! ঐতিহ্য is she your mother ? but..."

ওকে থামার সুযোগ না দিয়েই ঐতিহ্য শুরু করলো " কি এবার believe হলো তো ? তোমার গন্ডগোল হচ্ছে কখন থেকে বলছি যে আর যেকোনো ছবি নিয়ে অভিযোগ করতে তাও মেনে নিতাম কিন্তু এই ছবিটা একমাত্র আমার আঁকাই হতে পারে..অন্য কারুর পক্ষে just অসম্ভব.." বিভা এবার আর না পেরে বললো কি ছবি এঁকেছিস বিহাণ ? যেটা নিয়ে এত ঝামেলা ?" ততক্ষণে officer বিহাণের ছবিটা নিয়ে এসছেন..বিভার হাতে দিয়ে বললেন "নিন দেখুন..."

প্রথমে cover এ নামটা চোখে পড়লো "My super woman"

বিভা cover টা সরাতেই দেখলো একি এটাতো ওরই ছবি এঁকেছে বিহাণ..সেই মাস্টারস এর সময়কার বিভা..পুরোনো নিজেকে দেখেই কেমন একটা যেন গলার কাছটা শুকিয়ে এলো..কোনরকমে জিগেস করলো "এই ছবিটা তুই কথায় পেলি বিহাণ ? এটা তো অমি তোকে দেখাইনি.."বেশ কয়েকমাস আগে দিম্মা আলমারি থেকে বের করেছিলো আমার খুব ভালো লাগলো তাই নিয়ে নিলাম ওটা আমার money bag এই রয়েছে গত তিনমাস ধরে...এই দেখো" বলে money bag টা খুলে দেখালো...বিভা বললো "তুই আমায় এতটা ভালোবাসিস ? পাগল ছেলে আমার..." বলে তোড়ার দিকে তাকিয়ে বললো "কি এরপরও বলবে যে ও ছবি চুরি করেছে ?" তোড়া এবার ভীষণ লজ্জা পেয়ে বললো "I am really sorry aunty but trust me আমি হুবহু এরকমই একটা ছবি sir এর

আঁকার ঘরে দেখেছি এবং ওটা ওনারই আঁকা শুধু নামটা আলাদা.."

বিভাও অবাক বললো কি নাম ? মেয়েটি এরপর যে শব্দ গুলো বললো সেগুলো বিভার কানে যেন কাঁটা হয়ে বিঁধলো "জেনো প্রেমও চীর ঋনী আপনারই হরষে...."

ঐতিহ্য শুধু মাকে দেখছে...একি তার super woman এত ভেঙ্গে পড়লো কিকরে একমুহূর্তে ? এটাই ওর বীরাঙ্গনা মা ? নাহ্ এরকম তো দেখেনি কখনো...

বিভার গলায় কান্নার সুর "কি নাম তোমার sir এর ?"

"কোলাজ বাগচী..বিখ্যাত চিত্রশিল্পী...."

আরো কিছু বলতে যাচ্ছিলো মেয়েটি...

বিভা থামিয়ে দিয়ে বললো "থাক আর কিচ্ছু জানতে চাইনা ওর সম্পর্কে..একটা ভীতু লোক...স্বার্থপর.."

"তুমি ওনাকে চেনো মা ? কিন্ত কিভাবে ?"

এমন সময় হন্তদন্ত হয়ে ঢুকলেন কোলাজ বাগচী "উফ্ তোড়া এগুলোর মানে কি অসময় এভাবে কেউ ডাকে ? আর এই ছবিটা কেন দরকার তোমায় এর আগেও বলেছি এই ছবিটা নিয়ে তোমার এতটা কৌতুহল আমার ভালো লাগেনা...তাহ নয় কেউ নাকি এটা চুরি করেছে.. just impossible.. অন্য যেকোনো ছবির ব্যাপারে অভিযোগ দিলেও মেনে নিতাম কিন্ত এইটা অসম্ভব..কেউ আঁকতে পারেনা..."

এক নিঃশ্বাসে বললো কথাগুলো তোড়া কে...

এবার তোড়া বললো " sir ওইদিকে দেখুন..."

এবার কোলাজ আর বিভা মুখোমুখি পাক্কা কুড়ি বছর পর...বয়েসের ছাপ পড়ে গেছে তবু কত চেনা কত কাছের...

কোলাজ বললো "বিভা ?.."

বিভার পাল্টা প্রশ্ন "তোমার বৌ জানে যে তুমি এখনো আমার ছবি রেখে দিয়েছো ?" গলায় পরিস্কার অভিমানের সুর...

এবার কোলাজের জবাব "বৌ থাকলে তো জানবে...তুমি এই ভালবাসতে আমায় ? ভেবে নিলে সত্যি বিয়ে করে নিয়েছি..."

- "তাহলে ওই খবরটা কি ছিল ?"

- " ওটা ছিল আমার শেষ চেস্টা...যদি ওটা শুনে অন্তত তুমি মত পাল্টাতে...কিন্ত না..তখন তোমার প্রেমিকাসত্ত্বা তো তোমার মাতৃত্বের কাছে হেরে বসে আছে already..তাই আর একবারও খোঁজও নিলেনা..."

"তুমিও তো নাওনি খোঁজ আমার..."

বিভা আর কোলাজ যখন নিজেদের মধ্যেকার এতবছরের জমা অভিমানের বাঁধ ভাঙছে..এবং একটু একটু করে একে অপরের দিকে এগোচ্ছে...ঠিক সেই মূহূর্ত্যে ঐতিহ্য আর তোড়া ছুটে বেরিয়ে গেলো রাস্তায়....

ঐতিহ্য গেয়ে উঠলো "হায় মাঝে হলো ছাড়াছাড়ি..গেলেম কে কোথায়..." তোড়া বাকিটা জুড়লো বেসুরো গলায় "আবার দেখা যদি হলো সখা প্রাণের মাঝে আয়..."

- " thanks A ton তোড়া..তুই নাহলে এটা possible ই ছিলনা..এতদিন পরে finally আমি 'বাবা' পেলাম..."

- "ওই বাবা বলছিস কি ? they are not married yet.."

- "তো ? দিয়ে দেব বিয়ে..."

- "হুমম্ এটা ভালো idea.. ভাব এতদিন পরেও কি সাংঘাতিক depth ? ভাবা যায়না...আমি চলে গেলে তুই আদৌও wait করবি ? ঠিক ওই evening batch এর অমৃতাদের line মারবি..তোর মা তো তোকে চেনেন না যে তুই কি জিনিস ভাবলেই খারাপ লাগে ওনার কি ভুল ধারণা তোর সম্পর্কে.."

- " আচ্ছা আমি বাজে বখাটে এই বলতে চাস তো ? বেশ তাই ...আজ তুই যা বলবি সব মেনে নেব..কারণ আজ তুই আমায় যা দিয়েছিস তাতে তোর উপর একটুও রাগতে ইচ্ছে করছেনা প্রাণভরে ভালবাসতে ইচ্ছে করছে...আমি যখন তোকে দেখালাম যে এই ছবিটা দেব exhibition এ...তুই যদি identify না করতে পারতিস যে তোর sir এর কাছে same ছবি দেখেছিস...তাহলে আজ এটা কিছুতেই হতোনা...তারপর কত গোয়েন্দাগিরি করে সব information গুলো বের করলি...উফ্ আমি গর্বিত তোকে পেয়ে তোড়া..."

- "রাখতো তোর বার খাওয়ানো...প্রথম দিনে আমায় তো villain বানিয়ে দিলি কি impression হলো হবু শাশুড়ির কাছে ? দজ্জাল ঝগড়ুটে জেদী মেয়ে...এরপর বলতে পারবি তো যে মা এই মেয়েকে বিয়ে করবো ?"

- "সব পারবো..আরে মা নিজে কম জেদী ছিলো বলতো ? কিন্তু সত্যিই কেউ এতটা কুরবানী বোধহয় দিতে পারেনা রে..এত ভালবাসতো অথচ আমার জন্য...আজ যদি ওদের দেখাটা না করিয়ে দিতে পারতাম তাহলে নিজেকে ক্ষমা করতে পারতাম না জীবনেও..আমি জানতাম আমি adopted child কিন্তু তার পেছনে যে মায়ের এতটা স্বার্থত্যাগ আছে জানতেই পারিনি আগে..কিন্ত এখনও যদি উনি না মেনে নেন আমায় ?"

- "উনি টা কিনি ?"

- "কোলাজ বাগচী"

- "ওমা বাবার নাম ধরে ডাকছিস ?"

- "তুই তো বললি এখনও বিয়ে হয়নি ওদের তাই না ডাকতে..."

হাসিতে ফেটে পড়লো এবার মেয়েটা...

- "আচ্ছা তোর উনি তোকে না মানলে এবার আমি তোকে adopt করে নেব.." বলেই দৌড় লাগালো পেছনে ঐতিহ্য..ছুটোছুটির মধ্যে শুরু হলো ওদের খুনসুটি..আর থানার ভেতরে তখন চলছে বহু প্রতীক্ষিত আলিঙ্গন..এবং বাঁধভাঙা কান্না...

এবার প্রশ্ন হলো officer এবং থানার অন্যান্যদের তখন ঠিক কি অভিব্যক্তি ছিলো ? নাহ্ সেটা আমিও বলতে পারবোনা....!

#সমাপ্ত

www.ingramcontent.com/pod-product-compliance
Lightning Source LLC
La Vergne TN
LVHW061628070526
838199LV00070B/6624
* 9 7 8 9 3 6 2 6 1 8 5 2 8 *